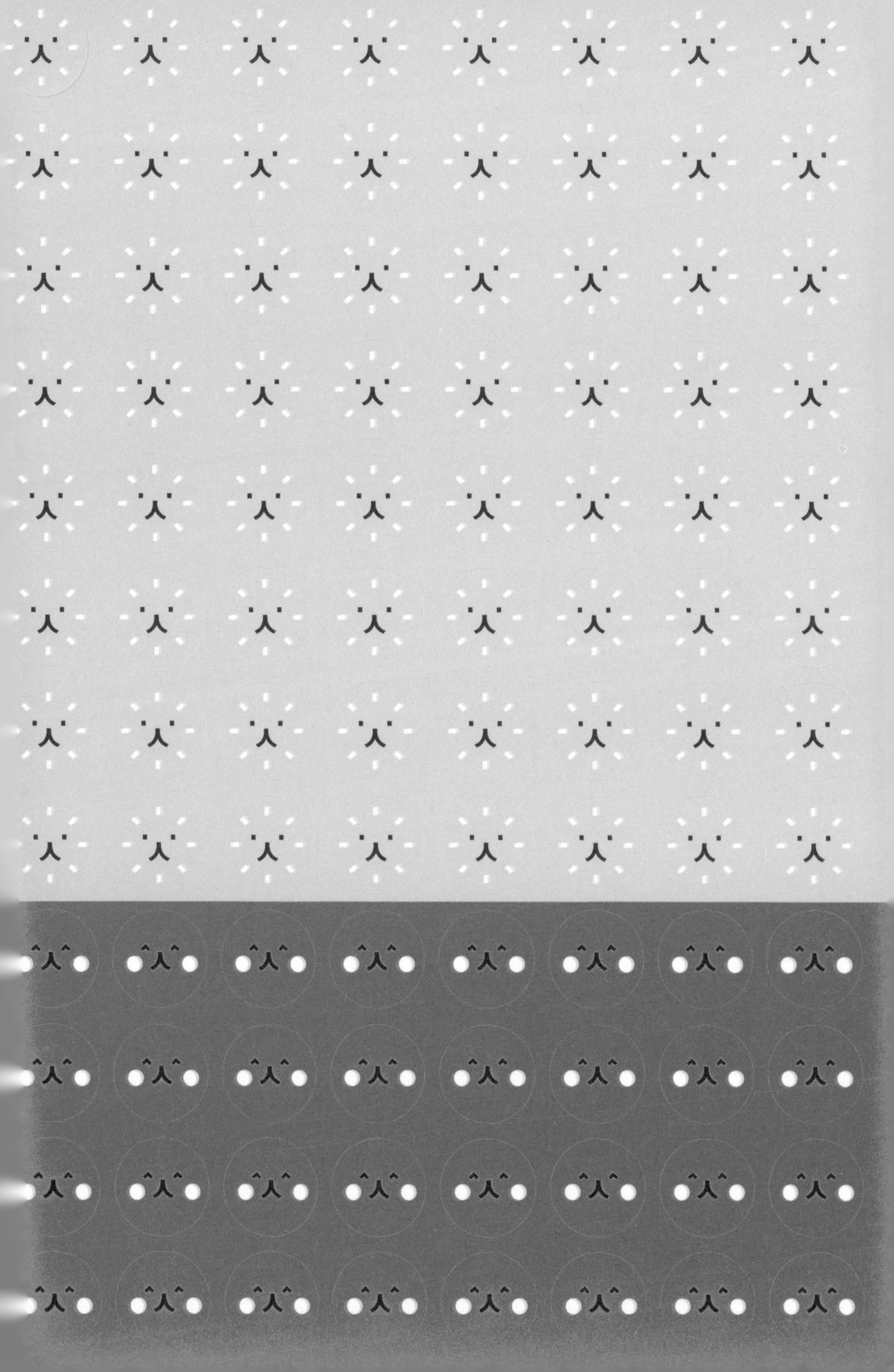

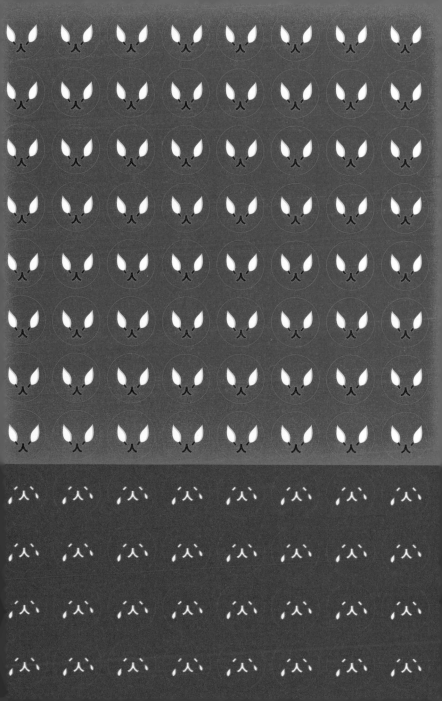

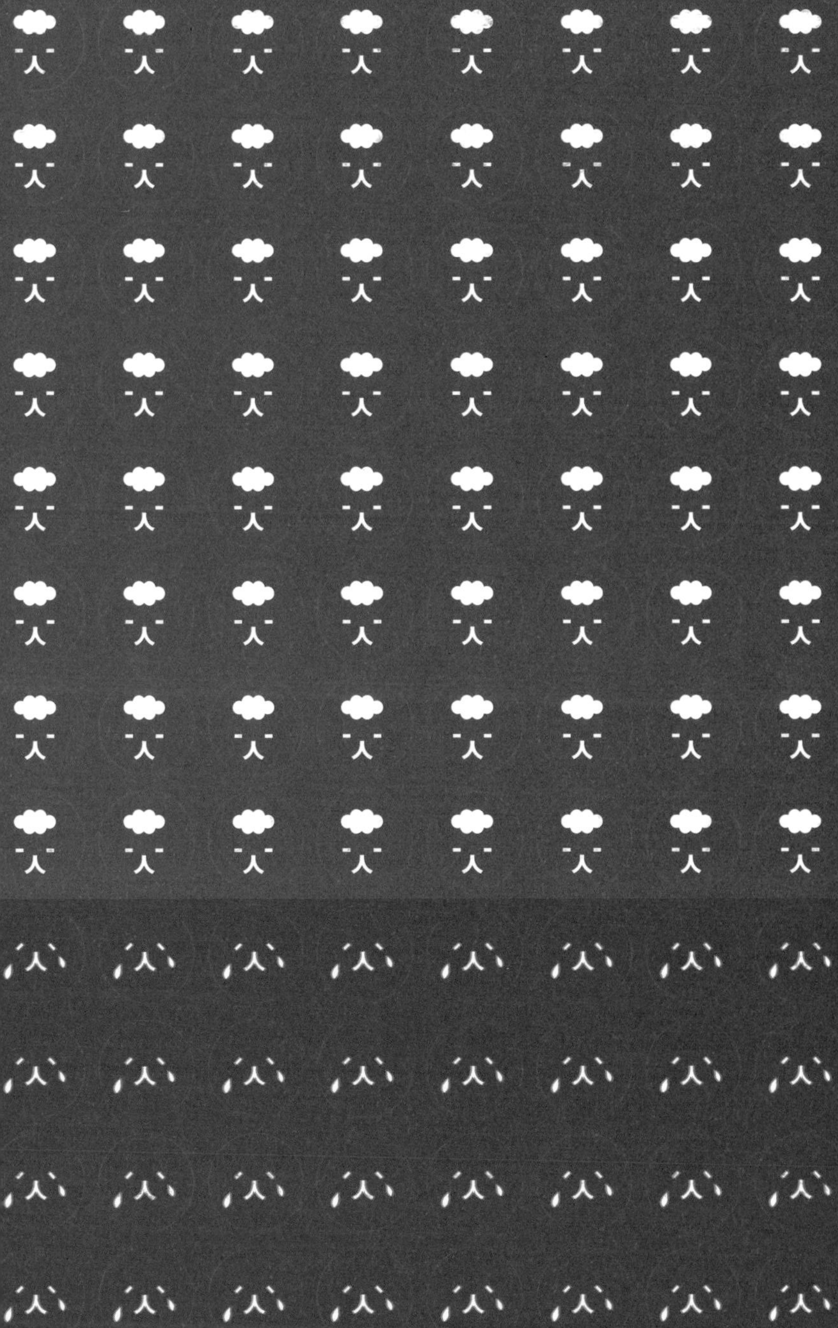

감정 다이어리 북

FEELING

DIARY

BOOK

모든 감정에는 이유가 있다

이남희 스트레스컴퍼니 대표

"너 나한테 감정 있니?"라는 말이 "불만 있니?"라는 말과 동일시되는 이유를 생각해본 적 있나요? 이성적이라는 말에 비해 감정적이라는 말은 왜 불쾌하게 들릴까요? 저 자신의 스트레스를 해소하기 위해 스트레스컴퍼니라는 회사를 만들고 지난 4년간 다양한 사람들의 스트레스를 수집하며 수없이 많은 사람의 민감한 감정들을 만났습니다. 그 과정에서 감정이 나에게 보내는 신호를 알아차리는 것이 얼마나 중요한 일인지 깨닫게 되었습니다.

왜 화가 나고 무엇 때문에 속상한지를 적어보라고 하면, 쓸 만한 내용이 없다고 이야기하던 사람들도 막상 한 자 두 자 적어내려가기 시작하는 순간 펑펑 눈물을 흘리며 아픈 마음을 꺼내놓았습니다. 그 모습을 보며 얼마나 많은 사람들이 드러내놓고 위로받지 못하는 감정에 괴로워하는지 실감할 수 있었습니다. 그러나 감정이라는 것은 나를 괴롭히기 위해서 불쑥불쑥 찾아오는 불청객이 아니라 지금 나에게 채워지지 못한 것이 있다고 알려주는 신호입니다. 내가 행복하다면 원하는 것이 충족되었다는 것이며, 지금 내가 불편한 감정이 든다면 충족되지 못한 무언가가 있다는 것이기 때문입니다. 그걸 이해하게 된 저는 이제 어떤 상황에서 화가 나면 무턱대고 화를 내기보다, 내가 왜 화가 났는지를 가만히 생각해보곤 합니다. 물론 참을 수 없이 화가 난 상황에서 침착하게 감정의 원인을 찾는 일은 쉽지 않습니다. 지난 해 《2017 감정 다이어리 북》을 세상에 내보내면서 가장 궁금했던 것 역시 이 다이어리를 쓴다고 해서 독자 스스로 감정의 문제를 해결할 수 있을까 하는 것이었습니다. 그러나 인생에서 가장 예민한 시기인 청소년들이 다이어리를 사용하며 요동치는 자기 감정을 들여다보게 되고, 부모님이 아이들의 감정에 관심을 갖게 되며, 부부가 함께 사용하면서 서로의 감정을 공유하고, 학교와 기업의 상담센터에서 감정 다이어리가 많은 이들을 위로하는 모습을 보며 뿌듯함을 느꼈습니다.

이번 개정판을 만들기 위해 한 해 동안 사용했던 많은 사용자들의 목소리에 귀 기울였습니다. 저 자신도 전문지식을 공부하며 우리 내면의 목소리에 더 잘 반응할 수 있도록 감정별 워크북을 추가했습니다. 여러분들도 자신의 감정이 하는 말에 귀를 기울인다면 분명 조금 더 행복한 자신을 발견할 수 있을 것입니다. 모든 감정에는 이유가 있으니까요.

내 마음을 위한 가장 큰 선물,
감정 들여다보기

이승민 민정신건강의학과 원장

언어라는 것에 익숙해질 무렵부터 우리는 감정을 표현하는 수많은 단어들의 숲에 둘러싸입니다. 찡그리거나 눈꼬리를 끌어올리며 웃거나, 입을 헤 벌리며 행복해하는 표정을 보며 타인의 감정 상태를 확인하는 연습도 하게 됩니다.

어른이 되고 난 이후에는 인과관계의 세상을 맞닥뜨리게 됩니다. 현재의 문제를 일으킨 원인이 무엇일까 골몰하고, 최대한 이성적인 사고를 하게 됩니다. 어른의 세상은 문제 해결의 연속이고, 일이 생기면 즉각 해결해야 합니다. 이 모든 과정에서 감정의 문제는 자연스럽게 소외됩니다. 상처받은 나의 감정은 물론이고, 상처받은 타인의 감정을 다독이는 데도 점점 서툴러집니다.

나와 타인의 상처받은 감정을 읽어주는 행동이야말로 나와 타인의 존재를 인정하는 첫 번째 행위입니다. 누군가의 행동으로 생채기가 났을 때 무엇보다 바라는 것은 상처입은 감정을 이해받는 일일 테니까요. 이 바쁘고 고단한 세상에서 누가 나의 마음을 이해해줄 수 있을까요? 그건 바로 나 자신이 되어야 합니다. 그것이 내 마음을 위로하는 첫걸음입니다.

오늘 하루 어떤 감정을 느꼈는지 한번 살펴보세요. 정신없는 하루 일과 속에서 온갖 문제를 해결하고 인과관계에 따라 사고하느라 내 마음에는 주목한 적이 없을 것입니다. 이러한 일상에는 왠지 '인간다움'이 존재하지 않는 느낌입니다. 그도 그럴 것이 사람을 사람답게 만들어주는 것은 사람만이 가질 수 있는 우리의 다채로운 감정들이지요. 이 감정의 하모니를 내가 느끼고 간파할 수 있을 때에야 진정한 인간다움을 드러낼 수 있습니다.

'아 오늘 하루는 정말 힘들었어', '이렇게 기뻐해본 게 얼마 만인지' 느껴보는 것이 바로 '자존'의 시작입니다. 스스로 '존재'하고 있음을 느낄 수 있어야 스스로를 '존중'할 수도 있다는 사실을 잊지 마세요. 이 다이어리가 여러분의 '자존'을 쌓아나가는 첫걸음이 되기를 바랍니다.

하루에도 수백 번씩
오르락내리락하는
바람 잘 날 없는
내 마음을 위한
감정 해독 다이어리

나의 내면의 감정에
조금 더 쉽게 다가갈 수 있도록
제작된 감정 다이어리입니다.

마음이 바뀔 때마다
꼬박꼬박 적어도 좋고
쓰고 싶은 마음이 들 때까지
충분히 여유를 두고
적어도 좋습니다.

자 그럼 시작해볼까요?

내가
그의 이름을 불러주기 전에는
그는 다만 하나의
감정에 지나지 않았다.

내가 그의 이름을 불러주었을 때
그는 비로소 나의 마음이 되었다.

나의 마음속 감정들에게
어울리는 이름을 붙여주세요.

1년 뒤
감정 다이어리 북을 완성한
나는 어떤 모습일까요?

한껏 성장해 있을 자신에게
편지를 써보세요.

1년 뒤 나에게 쓰는 편지

SUN   MON   TUE   WED

무감정의 감정
내 안의 감정에 집중해야 할 때

우리를 이 다이어리를 쓰며 변화하는 우리의 감정을 찬찬히 들여다보기로 마음먹었습니다. 내 마음의 흐름을 파악하기란 어려운 일입니다. 아마 일기를 쓰기 시작하고 한참이 지난 후에도 내 감정을 파악하기 어려워서 내게 감정이란 것이 제대로 있는 것인지 불안한 마음이 드는 분들도 있을 것입니다.

이는 비단 여러분의 문제만은 아닙니다. 내 감정의 상태를 정확하게 파악하고 정체를 밝혀내는 일은 말처럼 쉽지 않습니다. 가장 중요한 원인은 우리가 우리 마음을 들여다보는 데 익숙하지 않다는 것입니다. 우리의 관심사는 언제나 바깥에 있습니다. 흥밋거리도 밖에 있고, 해결해야 할 일도 밖에 있습니다. 요즘은 버스나 지하철에서 꾸벅꾸벅 조는 사람을 발견하기가 쉽지 않습니다. 끊임없이 핸드폰으로 만화나 드라마를 보고 영어를 공부하고 처리하지 못한 업무를 봅니다.

신체 감각과는 달리 감정의 존재는 쉽사리 알아차리기 어렵습니다. 두근거리는 가슴과 용변이 마려운 느낌은 쉽게 알아차릴 수 있으나 짜증이나 설움, 질투 등의 감정은 의외로 세세하게 분별하기 어렵습니다. 그저 '기분이 안 좋다'고 뭉뚱그리기 쉽지요. 영화나 뉴스에서 가끔 언급되는 '소시오패스'가 아니고서야 우리는 모두 감정이 존재하는 사람들입니다. 그러나 나의 내면에 관심을 기울이는 연습을 충분히 하고 있지 않지요.

감정을 들여다보는 일은 자전거 타기와 같습니다. 노력과 연습을 하면 더 능숙하게 살펴볼 수 있습니다. 외부로 향한 우리의 관심을 자꾸 우리 내면으로 끌어들여 내 감정에 집중해봅시다. 이 일기를 통해 나는 지금 상대에게 화가 난 것인지 나 자신에게 화가 난 것인지, 나는 지금 슬픈 것인지 우울한 것인지 골똘히 생각해보는 것만으로 우리의 감정의 근육은 더 튼튼하게 성장할 수 있을 것입니다.

오늘 내 마음의 표정

◯

"   "

◯

"   "

◯

"   "

◯

"   "

오늘 내 마음의 표정

$\bigcirc$

"   "

$\bigcirc$

"   "

$\bigcirc$

"   "

To. 한 주 동안 수고한 나에게

From. 사랑하는 내가

오늘 내 마음의 표정

( )

" "

( )

" "

( )

" "

( )

" "

오늘 내 마음의 표정

○

"   "

○

"   "

○

"   "

To. 한 주 동안 수고한 나에게

_____

_____

From. 사랑하는 내가

✓

하루에 한 번 !
내 감정의 색을 채워보세요.
2주일 뒤
나의 감정 상태를
그래프로 확인할 수 있어요.

_____

_____

_____

_____

_____

감정 들여다보기는 자전거 타기와 같아요.

노력과 연습을 통해 더 능숙하게

내면을 들여다볼 수 있습니다.

지금 나에게 필요한 것은 무엇인가요?

1.

2.

오늘 내 마음의 표정

○

"   "

○

"   "

○

"   "

○

"   "

오늘 내 마음의 표정

◯

"   "

◯

"   "

◯

"   "

To. 한 주 동안 수고한 나에게

_____

_____

From. 사랑하는 내가

오늘 내 마음의 표정

"　　　　　"

"　　　　　"

"　　　　　"

"　　　　　"

오늘 내 마음의 표정

$\bigcirc$

"   "

$\bigcirc$

"   "

$\bigcirc$

"   "

To. 한 주 동안 수고한 나에게

_____

_____

From. 사랑하는 내가

✓
하루에 한 번 !
내 감정의 색을 채워보세요.
2주일 뒤
나의 감정 상태를
그래프로 확인할 수 있어요.

유독 감탄할 만한 일이 생기지 않고 도통 감사란 게 느껴지지 않는다면,

언제 기쁨을 느껴보았는지 기억이 안 날 정도로 하루하루가 우울하다면

나를 기쁘게 만드는 감정을 더 자주 느끼도록 노력해봐요.

지금 나에게 필요한 것은 무엇인가요?

1. _____

2. _____

오늘 내 마음의 표정

"   "

"   "

"   "

"   "

오늘 내 마음의 표정

◯

"   "

◯

"   "

◯

"   "

GOOD!!!!

지금 나에게 필요한 것은 무엇인가요?

1. _____

2. _____

지금 당신은
어떤 감정을 느끼고 있나요?
내 감정을 체크해보세요.

당신이 원하는 감정을
써넣어도 좋아요.

_____

_____

지금 느껴지는 감정을 다시 한번 체크해보세요.
나의 감정 밑에는 어떤 마음이 있어서
이와 같은 기분이 들었던 걸까요?

설렘

두려움　　　짜증　　　　　　　희망

긴장

놀람　　　신남　　　　　　　　　　　　질투

　　　　　　　　　　행복　　　후회

답답함

차분함　　　　　　　　　　　　　　　외로움

　　　좌절　　　소심함

　　　　　　　　　　　　　서운함

만족

　　　멍함　　　　　편안함　　　　즐거움

　　　　　뿌듯함

자유로움　　　　　　　　　　감동

즐거움　　벅참　　　당황　　　불쌍함

　　　　　자랑　　　슬픔

감사　　　　　　　　　　　　　우울함

　　불안

사랑　　　　포기　　　화남

　　　　　　　　　　　　　　홀가분함

　　실망　　허전함

　　　　　　　　　　기쁨　　부끄러움

그리움

자, 이제 당신이 체크한 감정을 단서로
당신이 진짜로 원하고 있는 것은 무엇인지 찾아볼까요.
어떤 것들이 충족되면 당신의 마음이 편안해질 수 있을까요?

아름다움　　　　　진정성　　　　　　　　　　정직

　　　　건강　　　　　　　성취　　자신감

　　　　　　따뜻함

전문성　　　　　　　　음식　　　　　　　　성실

　　　스킨쉽　　　　　　나눔

　　　　　　　존중

존재감　　　　　　　　　　　　　　이해

　　　　　감사　　　배려

　　배움　　　　　　　　　　　수용

　　　　　　　　신뢰

축하

　　　창조성　　공동체　　　소통　　개성

　　　　　　　공유

혼자만의 시간　　공감　　　　독립　　선택

　　　도전　　　관심

　　　　　　　　　안정

놀이　　　　　　질서　　　　깨달음

　　　　　여유

　　능력　　　　　　　꿈

치유

　　　　　　　평등

　　보람　　　　　　　휴식

　　효율성　　　　운동

THU　　　FRI　　　SAT　　　MONTH

불안,
더 나은 나를 만드는 보조제

사람들은 불안을 싫어합니다. 피할 수 없는 감정이라고 인정하면서도 기피하려고 하지요. 그도 그럴 것이 불안하면 가슴이 뛰고 호흡이 가빠오며 근육이 수축합니다. 왠일인지 화장실을 더 자주 가게 되고 식은땀이 나며 심할 때는 손발이 떨려오지요. 불안은 다른 어떤 감정보다도 강하게 자기 존재를 확인시킵니다. 감추려고 할수록 더 커지지요.

선천적으로 불안수치가 높은 사람들이 있습니다. 더 쉽게 긴장하고 더 초조해 하고 사소한 일에도 걱정이 많습니다. 작은 일에도 쉽게 잠들지 못하지요. 당연히 이들은 매사에 느긋하고 태평한 사람들을 부러워합니다. 쉽게 불안해지는 것 때문에 스스로 더 안 좋은 상태에 빠진다고 생각하지요. 하지만 불안이 항상 나쁘기만 한 것일까요? 쉽게 불안해지는 사람들은 남보다 더 철저하게 준비하고 말 한마디도 더 사려 깊게 합니다. 불안을 쉽게 느끼는 사람들은 활발하지는 않지만 진중합니다. 쾌활하지는 않지만 사려 깊고 믿음직한 사람이 될 가능성이 높지요. 적절한 수준의 불안과 긴장은 몰입도와 성취도를 최대로 끌어올립니다. 불안과 긴장이 없다면 100미터 세계기록을 세울 수 없습니다.

강하면 짜고 약하면 싱거운 양념처럼, 불안은 언제나 적정한 수준으로 유지되는 것이 좋습니다. 우리는 '불안이 없는 순간'을 경험할 수는 있어도 '불안이 없는 삶'을 살 수는 없습니다. 나아가 불안이 존재하는 순간이 있기에 불안하지 않은 순간이 더 값지게 여겨지는 것이지요. '나는 왜 매사에 이렇게 불안함을 느끼는가' 속상해하기보다는 '이 불안한 마음을 어떻게 이롭게 활용할 수 있을 것인가'를 고민해보는 자세가 필요합니다. 불안이 없는 자기발전은 없습니다. 모르긴 몰라도 두 다리 쭉 뻗고 편안하게 스스로를 발전시킨다는 것은 불가능한 일일 것입니다.

불안을 회피하지 맙시다. 어차피 찾아오는 것입니다. 불안으로 인해 나는 더 나은 사람이 됩니다.

오늘 내 마음의 표정

"   "

"   "

"   "

"   "

오늘 내 마음의 표정

"   "

"   "

"   "

To. 한 주 동안 수고한 나에게

_____

_____

From. 사랑하는 내가

오늘 내 마음의 표정

"   "

"   "

"   "

"   "

오늘 내 마음의 표정

○

"   "

○

"   "

○

"   "

To. 한 주 동안 수고한 나에게

_____

_____

From. 사랑하는 내가

✓

하루에 한 번 !
내 감정의 색을 채워보세요.
2주일 뒤
나의 감정 상태를
그래프로 확인할 수 있어요.

_____

_____

_____

_____

_____

불안은 남보다 더욱 철저한 준비를 하게 만들고,

말 한마디도 사려 깊게 하며, 완벽한 일처리를 하게 만들어요.

불안한 마음을 지나치게 기피하지 마세요.

지금 나에게 필요한 것은 무엇인가요?

1.

2.

오늘 내 마음의 표정

○

"　　　　　"

○

"　　　　　"

○

"　　　　　"

○

"　　　　　"

오늘 내 마음의 표정

$\bigcirc$

    "   "

$\bigcirc$

    "   "

$\bigcirc$

    "   "

To. 한 주 동안 수고한 나에게

From. 사랑하는 내가

오늘 내 마음의 표정

（◯）

"　　　　　　　"

（◯）

"　　　　　　　"

（◯）

"　　　　　　　"

（◯）

"　　　　　　　"

오늘 내 마음의 표정

"   "

"   "

"   "

To. 한 주 동안 수고한 나에게

_____

_____

From. 사랑하는 내가

✓

하루에 한 번 !
내 감정의 색을 채워보세요.
2주일 뒤
나의 감정 상태를
그래프로 확인할 수 있어요.

_____

_____

_____

_____

_____

불안이 존재하는 순간이 있기에 불안하지 않은 순간이

더 값지게 여겨지는 것이지요.

'이 불안을 어떻게 나에게 이롭게 사용할 수 있을 것인가'를 고민해보세요.

지금 나에게 필요한 것은 무엇인가요?

1.

2.

오늘 내 마음의 표정

( )

" "

( )

" "

( )

" "

( )

" "

오늘 내 마음의 표정

$\bigcirc$

_____

"   "

$\bigcirc$

_____

"   "

$\bigcirc$

_____

"   "

To. 한 주 동안 수고한 나에게

_____

_____

From. 사랑하는 내가

GOOD!!!!

지금 나에게 필요한 것은 무엇인가요?

1. _____

2. _____

불안으로 인해 나는 더 나은 사람이 됩니다.

대체 왜 하필이면
나에게 이런 불안이
찾아왔을까?

이 불안을 어떻게
나에게 이롭게
사용해볼까?

그래! 결심했어!
극복양말을 신고
두려움을 딛고
일어나겠어!!

지금 당신을 불안하게 하는 것은 무엇인가요?

이 불안을 어떻게 당신에게 이롭게 사용해볼 수 있을까요?

SUN MON TUE WED

THU　　　FRI　　　SAT　　　MONTH

자신감,
노력이 만들어낸 달콤한 열매

"자신 있지?", "넌 할 수 있어, 힘내!"

우리는 어린 시절부터 수많은 격려 속에서 성장합니다. 그래서인지 우리의 자신감은 부모님을 포함한 많은 이들의 응원 속에서 싹을 틔우는 것처럼 보입니다. 하지만 우리는 많은 경우 그저 눈앞에 놓여 있는 숙제들을 해치우기에 바쁩니다. 주변의 성원이나 격려와 같이 정말로 자신감으로 충만한 채로 어떤 일에 임하는 것이 쉬운 일은 아닙니다. 누구나 이를 원하지만 쉽게 와닿지는 않는 표현이 바로 '자신 있게'입니다.

자신감을 가지는 데 필수적인 요소는 바로 어떤 일에 '숙련'되는 것입니다. 공부를 열심히 해야 자신감을 가지고 시험을 볼 수 있고, 충분히 예행연습을 해야 면접에서 긴장하지 않을 수 있습니다. 노력이 없는 자신감은 허상일 뿐입니다. 결국 주변의 응원이 아니라 자신의 노력이야말로 자신감의 근원이 됩니다. 시험이든 운동이든, 면접이든 장기자랑이든지 반복적이고 꾸준한 연습이야말로 자신감의 필수 재료입니다. 물론 타고나는 사람들도 있습니다. 그러나 보통의 사람들에게 자신감을 만들어줄 바탕은 성실함입니다.

이렇게 자신감이 쌓이고 쌓이면 완성되는 것이 바로 자존감입니다. 시험이나 면접에 대한 자신감이 아니라, 바로 나 자신에 대한 자신감이 완성되는 것이지요. 세상에 자기 자신에게 자신감을 가지는 것보다 중요한 일은 없습니다. 우울에서 쉽게 벗어나고, 세상에 당당해지고, 호의를 가지고 타인을 대하기 위해 무엇보다 필요한 것은 자존감입니다. 하지만 앞서 말했듯이 자존감은 하루아침에 완성되지 않습니다. 일단 눈앞에 놓인 시험과 면접, 모든 테스트에 자신감을 가지는 데 집중해봅시다. 충분히 연습하고 노력을 기울여봅시다. 하나하나의 작은 자신감을 쌓아가다 보면, 자존감이라는 큰 봉우리에 올라 있을 것입니다.

오늘 내 마음의 표정

"   "

"   "

"   "

"   "

오늘 내 마음의 표정

" "

" "

" "

To. 한 주 동안 수고한 나에게

From. 사랑하는 내가

오늘 내 마음의 표정

"   "

"   "

"   "

"   "

오늘 내 마음의 표정

" "
_____

" "
_____

" "
_____

To. 한 주 동안 수고한 나에게

_____

_____

From. 사랑하는 내가

START!

✓

하루에 한 번 !
내 감정의 색을 채워보세요.
2주일 뒤
나의 감정 상태를
그래프로 확인할 수 있어요.

_____

_____

_____

_____

_____

자신감을 쌓는 데 필수요소는 바로 숙련되는 것입니다.

주변의 응원이 아니라 자신의 노력이야말로 자신감의 근원이 됩니다.

노력이 없는 자신감은 허상일 뿐이란 걸 기억하세요.

지금 나에게 필요한 것은 무엇인가요?

1. _____

2. _____

오늘 내 마음의 표정

"   "

"   "

"   "

"   "

오늘 내 마음의 표정

"　　　　　　　"

"　　　　　　　"

"　　　　　　　"

To. 한 주 동안 수고한 나에게

From. 사랑하는 내가

오늘 내 마음의 표정

"   "

"   "

"   "

"   "

오늘 내 마음의 표정

"   "

"   "

"   "

To. 한 주 동안 수고한 나에게

From. 사랑하는 내가

CHEER UP!

✓

하루에 한 번 !
내 감정의 색을 채워보세요.
2주일 뒤
나의 감정 상태를
그래프로 확인할 수 있어요.

_____

_____

_____

_____

_____

자신감이 쌓이면 완성되는 것이 자존감입니다.

세상에 당당해지고, 호의를 가지고 타인을 대하기 위해

무엇보다 필요한 것은 자존감이지요.

자신감을 쌓아가다 보면, 자존감이라는 큰 봉우리에 오를 수 있을 거예요.

지금 나에게 필요한 것은 무엇인가요?

1.

2.

오늘 내 마음의 표정

"　　　　　"

"　　　　　"

"　　　　　"

"　　　　　"

오늘 내 마음의 표정

"   "

"   "

"   "

To. 한 주 동안 수고한 나에게

From. 사랑하는 내가

GOOD!!!!

지금 나에게 필요한 것은 무엇인가요?

1. _____

2. _____

온 우주에
당신이란 존재는 오직 하나뿐.

우리는 당신이 얼마나 멋진 사람인지 알고 있어요.
지금 충분히 잘하고 있으니,
자신을 믿으세요.

우리는 당신을 믿어요.

SUN	MON	TUE	WED

설렘,
나의 존재를 확인시켜 주는 감정

설렘은 아주 희소한 감정입니다. 나이가 들수록 더 소중해지지요. 학업에 업무에, 온갖 잡다한 일에 얽매인 하루 속에서 소소한 기쁨이나 즐거움을 찾기란 힘든 일입니다. 설렘은 갑갑하고 심심한 일상에서 접하기 어려운 감정처럼 여겨집니다.

실제로 많은 사람들은 설렘이라는 감정의 순간을 상상할 때 풋풋하고 두근거리는 연애 시절을 떠올립니다. 누군가를 처음으로 좋아할 때 느끼는 가슴이 터질 듯한 두근거림, 좋아하는 누군가에게 정성껏 쓴 편지를 건넬 때나 처음으로 손을 잡는 순간의 느낌을 떠올리는 것이지요. 그러나 설렘은 '첫사랑'이라는 단어보다는 '호기심', '경험'이라는 단어와 더 강하게 연결된 감정입니다. 여행을 떠나기 전 우리는 막연한 설렘을 느낍니다. 공항으로 떠나는 길에 시작된 흥분은 여행 내내 우리 감정을 지탱합니다. 새로운 세상을 경험하고픈 욕구와 호기심은 설렘으로 연결됩니다. 여행에서 가장 좋은 순간은 출국하기 위해 공항으로 가는 길이라는 이야기도 있습니다. 강한 설렘으로 점철된 순간이기 때문입니다. 어쩌면 사라진 설렘을 끌어내기 위해 여행을 하는 것일지도 모릅니다.

새로운 학교나 직장에 들어갈 때 느끼는 설렘 역시 여행할 때 느끼는 감정과 다르지 않습니다. 익숙한 곳에서 설렘을 느끼기는 쉽지 않지요. 변화와 낯선 상황을 선택할 때 설렘을 경험할 가능성이 더 많습니다. 지금보다 더 자주 설렘을 경험하려면 변화를 환영하는 사람이 되어야 합니다. 변화를 존중하고 호기심을 키워 나갈 때 설렘의 감정도 싹을 틔웁니다.

설렘은 희소성이 큰 감정이기 때문에, 맘을 설레게 하는 감정을 느끼는 대상을 발견했다면 그 대상을 더 자주 접할 수 있는 방법을 궁리해야 합니다. 설레는 대상을 더 자주 접할수록, 우리는 나의 존재를 더 강력하게 느끼게 됩니다. 바로 오늘 설렘의 대상을 찾아보세요. 새로운 변화의 계기는 생각보다 가까이 우리 주변에 있습니다.

오늘 내 마음의 표정

"   "

"   "

"   "

"   "

오늘 내 마음의 표정

" "

" "

" "

To. 한 주 동안 수고한 나에게

From. 사랑하는 내가

오늘 내 마음의 표정

"   "

"   "

"   "

"   "

오늘 내 마음의 표정

"　　　　　　"

"　　　　　　"

"　　　　　　"

To. 한 주 동안 수고한 나에게

From. 사랑하는 내가

START!

✓
하루에 한 번！
내 감정의 색을 채워보세요.
2주일 뒤
나의 감정 상태를
그래프로 확인할 수 있어요.

_____

_____

_____

_____

_____

익숙한 것에서 설렘을 느끼기는 쉽지 않아요.

지금보다 더 자주 설렘을 경험하기 위해 두 팔 벌려

새로운 환경과 변화를 환영하는 사람이 되어보세요.

지금 나에게 필요한 것은 무엇인가요?

1. _____

2. _____

오늘 내 마음의 표정

"   "

"   "

"   "

"   "

오늘 내 마음의 표정

"   "

"   "

"   "

To. 한 주 동안 수고한 나에게

From. 사랑하는 내가

오늘 내 마음의 표정

"   "

"   "

"   "

"   "

오늘 내 마음의 표정

"   "

"   "

"   "

To. 한 주 동안 수고한 나에게

From. 사랑하는 내가

✓

하루에 한 번 !
내 감정의 색을 채워보세요.
2주일 뒤
나의 감정 상태를
그래프로 확인할 수 있어요.

_____

_____

_____

_____

_____

설렘은 '첫사랑'이라는 단어보다는

'호기심', '경험'이라는 단어와 더 강하게 연결된 감정입니다.

설렘을 끌어내기 위해 필요한 것은 호기심과 경험을 자극하는 일입니다.

지금 나에게 필요한 것은 무엇인가요?

1. _____

2. _____

오늘 내 마음의 표정

"   "

"   "

"   "

"   "

오늘 내 마음의 표정

"   "

"   "

"   "

To. 한 주 동안 수고한 나에게

From. 사랑하는 내가

GOOD!!!!

지금 나에게 필요한 것은 무엇인가요?

1. _____

2. _____

생각만 해도
가슴이 두근거리는 것들을 찬찬히 떠올린 후,
나를 위한 Bucket List를 적어보세요.

BUCKET LIST

☐ _____

☐ _____

☐ _____

☐ _____

☐ _____

☐ _____

☐ _____

☐ _____

☐ _____

☐ _____

SUN	MON	TUE	WED

감사, 누군가의 행위가 아니라 존재를 고마워하는 일

'감사명상'이라는 것이 있습니다. 오늘 하루 고마웠던 사람의 모습을 떠올리며 그들에 대한 감사로 하루를 마무리하는 명상법입니다. 감사는 우리의 마음을 고요하고 평안하게 해줍니다. 감사한 마음으로 가슴이 충만해졌다면, 편안하고 행복한 마음으로 잠자리에 들 수 있습니다.

감사하는 마음은 내가 이 세상에 혼자가 아니라는 것을 깨닫게 해줍니다. 항상 어디선가 내 생각을 하고 있을 부모님의 존재처럼, 나를 고요하게 지켜보는 이가 존재한다는 생각을 떠올리면 우리는 우리가 여기 이곳에 생생하게 살아있음을 느낍니다.

어떤 행동이나 보답에 대한 고마운 감정은 일반적인 의미의 감사입니다. 나에게 도움을 주는, 나에게 이로운 행동을 보여준 사람에 대한 감사는 사람이라면 자연스럽게 느끼는 마음입니다. 상대방의 배려를 당연한 의무나 나의 권리로 여기는 사람에게 감사의 마음은 존재하지 않습니다. 설사 상대방의 배려가 의무에서 비롯된 것일지라도 그들의 의무에 감사하는 마음을 가져보세요. 그러한 생각 자체로 상대방의 행동에서 커다란 의미를 발견할 수 있습니다. 피해의식이 심한 사람들이 불행한 이유가 여기에 있습니다. 상대방의 호의를 적의로 간주하게 되면서 감사가 없는 세상에 존재하게 되니까요.

감사의 마음이 깊어지면 상대방의 존재 자체를 감사하게 됩니다. 내가 사랑하는 사람이 내 옆에 있어주는 것만으로도 마음은 충만하고 풍요로워지지요. 사랑하기 때문에 감사할 수 있습니다. 감사는 사랑에서 비롯되기 때문이지요. 감사하는 사람들은 사랑하는 법을 먼저 배운 사람들입니다. 어버이날이나 스승의 날은 엄밀히 말해 그들의 '은혜'에 감사하는 날이 아니라 그들의 '존재'에 감사하는 날입니다.

감사하는 마음은 어느 날 갑자기 솟아나지 않습니다. 상대방의 웃음 하나에도 감사하는 마음을 가져보세요. 사소한 행동에 감사하는 사람은 곧 세상을 사랑하게 되고 모든 것에 감사하게 됩니다. 오늘 감사할 일을 찾아보세요. 감사의 작은 불씨가 모여 주변의 모든 것을 환하게 밝힐 것입니다.

오늘 내 마음의 표정

（　　）

"　　　　　"

（　　）

"　　　　　"

（　　）

"　　　　　"

（　　）

"　　　　　"

오늘 내 마음의 표정

"　　　　　　"

"　　　　　　"

"　　　　　　"

To. 한 주 동안 수고한 나에게

From. 사랑하는 내가

오늘 내 마음의 표정

"   "

"   "

"   "

"   "

오늘 내 마음의 표정

" · "

" "

" "

To. 한 주 동안 수고한 나에게

From. 사랑하는 내가

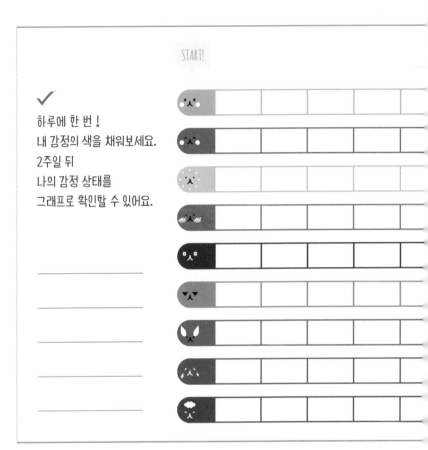

START!

✓

하루에 한 번 !
내 감정의 색을 채워보세요.
2주일 뒤
나의 감정 상태를
그래프로 확인할 수 있어요.

_____

_____

_____

_____

_____

감사의 마음은 내가 이 세상에 혼자가 아님을 상기시켜 줍니다.

어디선가 나를 고요하게 지켜보는 이가 존재한다는 사실에

감사하는 시간을 가져보세요.

지금 나에게 필요한 것은 무엇인가요?

1.

2.

오늘 내 마음의 표정

( )

" "

( )

" "

( )

" "

( )

" "

오늘 내 마음의 표정

"   "

"   "

"   "

To. 한 주 동안 수고한 나에게

_____

_____

From. 사랑하는 내가

오늘 내 마음의 표정

"   "

"   "

"   "

"   "

오늘 내 마음의 표정

"   "

"   "

"   "

To. 한 주 동안 수고한 나에게

From. 사랑하는 내가

CHEER UP!

하루에 한 번 !
내 감정의 색을 채워보세요.
2주일 뒤
나의 감정 상태를
그래프로 확인할 수 있어요.

_____

_____

_____

_____

_____

감사한다는 것은 누군가의 '도움'에 감사한다기보다

그들의 '존재'에 감사하는 것이에요.

사랑하는 존재가 살아 숨 쉬고 있다는 당연한 사실에 감사해보는 건 어떨까요?

지금 나에게 필요한 것은 무엇인가요?

1.

2.

오늘 내 마음의 표정

―――――

（　　）

"　　　　　"

――――――

（　　）

"　　　　　"

――――――

（　　）

"　　　　　"

――――――

（　　）

"　　　　　"

오늘 내 마음의 표정

( )

" "

( )

" "

( )

" "

To. 한 주 동안 수고한 나에게

_____

_____

From. 사랑하는 내가

GOOD!!!!

지금 나에게 필요한 것은 무엇인가요?

1. _____

2. _____

마음속 다양한 감정들이
나에게 보내는 감사 선물 세트

불의를 보고
참지 않고
분노한 나에게
고마워

눈물을
흘릴 줄 아는
내가 고마워

아아, 이렇게
설레는 감정이
얼마 만이야!
고맙다.

언제나 깊이
생각하고 자신을
돌아볼 수 있도록
해줘서 고마워

살아 있는 모든
순간을 기쁘게
즐길 수 있도록
해줘서 고마워

언제나 당당하게
가진 모든 능력을
발휘할 수 있도록
해줘서 고마워

불안함 덕분에
열심히 준비할 수
있었어. 최선을 다한
나에게 고마워

누구도 내게
함부로 대하지
않도록 가이드라인을
만들어줘서 고마워

외로움 덕분에
더 깊은 내가
되었구나.
고마워

고마워.

SUN	MON	TUE	WED

부끄러움,
더 성숙한 나를 위한 자양분

우리는 살면서 부끄러운 일을 정말 많이 경험합니다. 좋아하는 사람 앞에서 두 볼이 빨개진 경험, 많은 사람들 앞에서 노래를 불러야 했던 기억, 황당한 실수를 해놓고 쥐구멍에라도 들어가고 싶은 경험 등 생각해보면 남들 앞에 서야 하는 순간에 우리는 수줍고 부끄러운 마음이 들게 됩니다. 남들이 나를 볼 때 어떻게 보일까 하는 마음 때문이지요. 누구나 타인에게 잘 보이고 좋은 인상을 주고 싶어 합니다. 그리고 이러한 마음은 매우 건강한 마음입니다. 부끄러움은 건강한 감정입니다.

그러나 우리는 나이를 먹을수록 나 자신에 대한 부끄러움, 나의 부족한 말과 행동에 대한 부끄러움을 더 많이 느끼게 됩니다. 게으르기 그지없는 나, 일처리 하나 똑바로 못하는 나, 남들에게 민폐를 끼치는 나의 모습에 대해 굳이 누가 지적하지 않아도 혼자서 부끄러워하지요. 혹여나 당연히 비난이 쏟아져야 하는 상황에서 격려라도 들을 때면 부끄러운 감정은 더 커져만 갑니다. 스스로에 대한 부끄러움이 너무 커지면, 점차 일상이 힘들어집니다. 타인과 관련된 부끄러움보다 나 자신에 대한 부끄러움이 더 견디기 어려운 법입니다.

하지만 적정한 선에서라면, 나의 대한 부끄러움 역시 발전에 꼭 필요한 요인이 됩니다. 지금은 비록 창피한 상황을 겪지만 앞으로는 이런 부끄러움을 느끼고 싶지 않다는 마음 때문에 더 성숙할 수 있기 때문입니다. 남에게 잘 보이는 것만이 중요한 일은 아닙니다. 나 자신에게 잘 보이는 일 역시 중요합니다. 남에게 아무리 잘 보이려 노력한다고 해서 상대방이 나를 어떻게 평가할지는 그야말로 상대방 마음입니다. 하지만 내가 나에게 잘 보이기 위한 노력을 기울이는 것은 다른 문제입니다. 나에게 더 잘 보이기 위해서라도, 오늘의 부끄러움은 좋은 자양분이 됩니다.

오늘 내 마음의 표정

( )

"   "

( )

"   "

( )

"   "

( )

"   "

오늘 내 마음의 표정

"   "

"   "

"   "

To. 한 주 동안 수고한 나에게

_____

_____

From. 사랑하는 내가

오늘 내 마음의 표정

"   "

"   "

"   "

"   "

오늘 내 마음의 표정

"   "

"   "

"   "

To. 한 주 동안 수고한 나에게

From. 사랑하는 내가

✓

하루에 한 번 !
내 감정의 색을 채워보세요.
2주일 뒤
나의 감정 상태를
그래프로 확인할 수 있어요.

_____

_____

_____

_____

나이를 먹을수록 타인에 대한 부끄러움보다는

나 자신에 대한 부끄러움을 더 많이 느끼게 됩니다.

나에 대한 부끄러움은 자신을 발전시키는 중요한 요인입니다.

지금 나에게 필요한 것은 무엇인가요?

1.

2.

오늘 내 마음의 표정

（　）

"　　　　　　"

（　）

"　　　　　　"

（　）

"　　　　　　"

（　）

"　　　　　　"

오늘 내 마음의 표정

"   "

"   "

"   "

To. 한 주 동안 수고한 나에게

_____

_____

From. 사랑하는 내가

오늘 내 마음의 표정

⎯⎯⎯⎯

"　　　　　　"

⎯⎯⎯⎯

"　　　　　　"

⎯⎯⎯⎯

"　　　　　　"

⎯⎯⎯⎯

"　　　　　　"

오늘 내 마음의 표정

"   "

"   "

"   "

To. 한 주 동안 수고한 나에게

_____

_____

From. 사랑하는 내가

CHEER UP!

✓

하루에 한 번！
내 감정의 색을 채워보세요.
2주일 뒤
나의 감정 상태를
그래프로 확인할 수 있어요.

남에게 아무리 잘 보이려 노력해도

상대방이 나를 어떻게 평가할지는 상대방의 마음입니다.

다른 사람의 마음보다는 나 자신에게 멋진 사람이 되기 위해

노력하는 것이 중요합니다.

지금 나에게 필요한 것은 무엇인가요?

1.

2.

오늘 내 마음의 표정

"　　　　　　"

"　　　　　　"

"　　　　　　"

"　　　　　　"

오늘 내 마음의 표정

"   "

"   "

"   "

To. 한 주 동안 수고한 나에게

_____

_____

From. 사랑하는 내가

GOOD!!!!

지금 나에게 필요한 것은 무엇인가요?

1. _____

2. _____

IT'S OKAY
NOBODY'S PERFECT

실패 없이 성공만 하던 사람들은
작은 시련에도 무너져버릴 수 있습니다.
실패를 감수하고 맞서 싸우는 경험 자체가
당신을 단단하게 만들어줄 거예요!

실수가 두려워서 도전하지 못했던 것이 있다면 적어보세요.

SUN	MON	TUE	WED

THU FRI SAT MONTH

슬픔,
나를 나답게 만드는 감정

슬픔은 우울의 보다 구체적인 형태입니다. 우울과 슬픔은 비슷하면서도 차이가 크지요. 대부분의 슬픔에는 이유가 존재합니다. 중요한 사람을 상실한 것에 대한 슬픔과 기대한 일이 잘 풀리지 않은 것에 대한 슬픔, 내 인생은 항상 왜 이다지도 괴로울까 생각하게 되는 슬픔 등 슬픔에는 대부분 어떠한 원인이 존재합니다. 내 머릿속에 떠오르는 어떠한 생각이 나를 슬프게 만드는 것이지요.

하지만 가끔은 이유 없는 슬픔이 있습니다. 그야말로 막연하게 밀려오는 슬픔입니다. 인생이 그저 슬프게 느껴지는 데는 딱히 이유가 없습니다. 이럴 경우 대부분은 자신의 삶은 물론 자신의 존재 자체를 슬프게 받아들이기 때문에 때로 원만한 생활이 불가능한 일도 생깁니다. 일상의 슬픔이 너무 뿌리 깊게 자리잡으면 생기는 안타까운 일이지요.

부정적인 감정은 동전의 양면과도 같습니다. 기쁨 뒤에는 슬픔이 있고 슬픔이 있기에 기쁨이 존재할 수 있습니다. 누군가를 상실해서 슬픔이 느껴진다면 그것은 내가 그에게 그만큼 충만한 애착을 가졌다는 증거입니다. 사랑했기에 슬프고, 슬프기에 사랑했다는 증거가 됩니다. 모든 대상은 어느 순간 사라집니다. 부모님도 친구도 사랑하는 반려동물들도 마찬가지지요. 충분히 사랑했다면 후회는 남지 않습니다. 진심으로 사랑하지 못했을 때 후회가 남는 것이지요.

슬프고 우울한 감정이 든다고 해서 너무 예민하게 받아들이지 않기를 바랍니다. 이따금씩 느끼는 슬픔과 우울, 공허한 마음은 오히려 우리 영혼의 귀중한 자양분이 됩니다. 그저 넉넉하게 먹고 편안하게 자며 멋지게 입는 데서 느껴지는 단순한 만족과는 차원이 다른, 나를 나답게 만드는 감성과 개성의 귀한 밑거름이 되지요.

오늘 슬픔을 느꼈다면, 당연히 슬픔을 느낄 만한 원인과 상황이 존재한다면 좌절하지 않아도 좋습니다. 슬픈 상황에서 슬픈 마음이 드는 것은 당연한 일이니까요. 오히려 슬픔을 만끽해보세요. 깊게 슬퍼한 뒤에는 다시 떠오르는 태양이 주는 기쁨이 찾아올 것입니다.

오늘 내 마음의 표정

○

"　　　　　"

○

"　　　　　"

○

"　　　　　"

○

"　　　　　"

오늘 내 마음의 표정

◯

"   "

◯

"   "

◯

"   "

To. 한 주 동안 수고한 나에게

_____

_____

From. 사랑하는 내가

오늘 내 마음의 표정

( )

" "

( )

" "

( )

" "

( )

" "

오늘 내 마음의 표정

◯

" "

◯

" "

◯

" "

To. 한 주 동안 수고한 나에게

_____

_____

From. 사랑하는 내가

✓

하루에 한 번 !
내 감정의 색을 채워보세요.
2주일 뒤
나의 감정 상태를
그래프로 확인할 수 있어요.

_____

_____

_____

_____

_____

부정적인 감정은 항상 존재합니다.

동전의 양면처럼 기쁨의 뒤에는 슬픔이 있지요.

슬픔이 있기에 기쁨의 존재가 배가될 수 있습니다.

지금 나에게 필요한 것은 무엇인가요?

1.

2.

오늘 내 마음의 표정

"   "

"   "

"   "

"   "

오늘 내 마음의 표정

$\Big(\ \ \ \Big)$

"   "

$\Big(\ \ \ \Big)$

"   "

$\Big(\ \ \ \Big)$

"   "

To. 한 주 동안 수고한 나에게

From. 사랑하는 내가

오늘 내 마음의 표정

◯

"   "

◯

"   "

◯

"   "

◯

"   "

오늘 내 마음의 표정

"   "

"   "

"   "

To. 한 주 동안 수고한 나에게

From. 사랑하는 내가

✓

하루에 한 번 !
내 감정의 색을 채워보세요.
2주일 뒤
나의 감정 상태를
그래프로 확인할 수 있어요.

_____

_____

_____

_____

_____

이따금씩 느끼는 슬픔과 우울, 공허함은 오히려 귀중한 자양분이 됩니다.

단순한 만족과 풍만함의 감정과는 또 다른,

나를 나답게 만들어주는 감정이지요.

지금 나에게 필요한 것은 무엇인가요?

1.

2.

오늘 내 마음의 표정

◯

_____

"　　　　　　　"

◯

_____

"　　　　　　　"

◯

_____

"　　　　　　　"

◯

_____

"　　　　　　　"

오늘 내 마음의 표정

( )

_____

" "

( )

_____

" "

( )

_____

" "

To. 한 주 동안 수고한 나에게

_____

_____

From. 사랑하는 내가

GOOD!!!!

지금 나에게 필요한 것은 무엇인가요?

1.

2.

슬플 땐 그냥 슬퍼해도 괜찮아요.
한동안 울고 나면 후련한 마음이 들고 새로운 힘이 생길 거예요.

슬픔을 떠나보내기 위한 작별편지를 써보세요.

SUN   MON   TUE   WED

기쁨,
진심으로 좋아할 때만 느낄 수 있는 에너지

나이가 들수록 웬만한 일에 우울하거나 쉽게 흥분하지 않습니다. 부정적인 감정을 다루는 데 익숙해지기 때문입니다. 나이가 든다는 건 좀처럼 슬프고 우울해지지 않는다는 것을 의미합니다. 동시에 기쁨과 즐거움으로부터도 멀어지지요.

타인의 말이나 행동에 의지하는 기쁨은 좋지 않습니다. 아무리 기다려도 내가 원하는 바로 그 순간 나를 기쁘게 해줄 사람은 아무도 없습니다. 이러한 수동적인 기쁨에 익숙해지게 되면 좀처럼 새로운 기쁨을 찾아나설 생각을 하지 않습니다. 적극적으로 기쁨을 추구하는 행동 자체를 해본 적이 없을 가능성이 높기 때문입니다.

우리는 살면서 원치 않는 마이너스의 순간들을 경험합니다. 자발적으로 분노와 우울, 슬픔과 절망을 느끼려 하는 사람은 없습니다. 이처럼 어쩔 수 없이 마이너스의 감정을 경험했을 때, 우린 이를 플러스 감정으로 바꿔줄 필요가 있습니다. 마이너스의 감정은 원치 않는 순간에 찾아오더라도, 플러스의 감정은 내가 얼마든지 만들어낼 수 있습니다. 여러분을 기쁘고 즐겁게 만들었던 대상에는 무엇이 있나요? 기억해보면 분명 튀어오르는 즐겁고 행복한 기억이 있을 것입니다. 아마도 무언가에 몰입해본 경험이 있을 것입니다. '시간 가는 줄 모르고' 경험했던 것들이 당신에게 기쁨을 줄 가능성이 높습니다.

사람을 통해 기쁨을 얻는다는 것은 더 고상하고 귀한 일입니다. 하지만 누군가에게 기쁨을 얻기 위해 내가 먼저 해야 할 일은 그 사람을 진심으로 사랑하고 존중하는 것입니다. 우리는 싫어하는 사람에게서 기쁨을 얻을 수 없습니다. 부모가 자식을 보며 기쁨을 느끼는 이유는, 사랑하기 때문입니다. 진정한 기쁨을 느끼고 싶다면 누군가를 진심으로 사랑하고 존중해보세요. 그를 만나는 순간마다 행복할 수 있을 것입니다.

오늘 내 마음의 표정

"   "

"   "

"   "

"   "

오늘 내 마음의 표정

"   "

"   "

"   "

To. 한 주 동안 수고한 나에게

From. 사랑하는 내가

오늘 내 마음의 표정

"   "

"   "

"   "

"   "

오늘 내 마음의 표정

"　　　　"

"　　　　"

"　　　　"

To. 한 주 동안 수고한 나에게

From. 사랑하는 내가

START!

✓

하루에 한 번 !
내 감정의 색을 채워보세요.
2주일 뒤
나의 감정 상태를
그래프로 확인할 수 있어요.

_____

_____

_____

_____

_____

기쁨과 즐거움의 감정이야말로 우리가 찾아 나서야 할 능동적인 감정이에요.

깊이 몰입했던 일이 있다면 다시 도전해보세요.

몰입은 기쁨을 불러일으키는 열쇠랍니다.

지금 나에게 필요한 것은 무엇인가요?

1.

2.

오늘 내 마음의 표정

"   "

"   "

"   "

"   "

오늘 내 마음의 표정

"   "

"   "

"   "

To. 한 주 동안 수고한 나에게

_____

_____

From. 사랑하는 내가

오늘 내 마음의 표정

"   "

"   "

"   "

"   "

오늘 내 마음의 표정

"   "

"   "

"   "

To. 한 주 동안 수고한 나에게

_____

_____

From. 사랑하는 내가

✓

하루에 한 번 !
내 감정의 색을 채워보세요.
2주일 뒤
나의 감정 상태를
그래프로 확인할 수 있어요.

_____

_____

_____

_____

_____

'기브 앤 테이크'가 전제된 관계에서는

사랑도 기쁨도 존재할 수 없어요.

누군가 오늘 당신을 기쁘게 했다면 내가 그를 사랑하기 때문이에요.

지금 나에게 필요한 것은 무엇인가요?

1.
2.

오늘 내 마음의 표정

"   "

"   "

"   "

"   "

오늘 내 마음의 표정

"   "

"   "

"   "

To. 한 주 동안 수고한 나에게

_____

_____

From. 사랑하는 내가

GOOD!!!!

지금 나에게 필요한 것은 무엇인가요?

1.

2.

나를 기쁘게 하는 것들을
그려 보기

SUN	MON	TUE	WED

THU   FRI   SAT   MONTH

분노,
조용하지만 단호하게 표현해야 할 감정

대한민국에는 다른 나라에 없는 정신질환이 하나 있습니다. 바로 '화병'입니다. 화병은 신체질환을 동반하는 우울증으로 정의되는데, 굳이 우울증이라고 부르지 않고 화병이라고 일컫는 이유 중 하나는 우리나라 사람들이 '화'를 대하는 독특한 접근법 때문입니다. 우리의 태도와 기질 중 무엇이 전 세계 유일의 질환을 만든 배경이 되었을까요?

화라는 감정은 국적에 관계없습니다. 사람이라면 누구나 화가 나는 것을 느낍니다. 심지어 우리는 영화나 드라마를 보면서도 분노를 느낍니다. 주인공의 상황에 감정이입하고 갈등의 중심에 들어서면 누구나 동병상련이 될 수밖에 없지요. 오늘 화를 많이 냈다는 것은 어찌 보면 관계 속에서 열심히 살아냈다는 증거가 될 수도 있습니다.

예의를 중시하는 문화, 감정을 드러내지 않는 문화, 특히 화를 내는 것을 미성숙하다고 여기는 문화에서는 화를 안으로 삭히는 데 익숙해질 수밖에 없습니다. 이렇게 화를 숨기고 삭히는 태도가 화병을 만듭니다. 우울증은 외부에 대한 나의 화가 내부로 향하는 것이라는 말이 있습니다. 얼굴이라도 붉힌다면 차라리 다행입니다. 내가 그만큼 견딜 수 없는 상황이라는 것을 보여주는 신호니까요. 아무런 동요나 얼굴색 변화 하나 없이 분노를 숨기는 것은 그 자체로 엄청난 에너지를 요하는 일입니다. 그 에너지가 닳고 닳아서 방전이 되면, 그 이후에 기다리는 것은 화병과 우울증뿐입니다.

그러므로 우리는 화와 분노의 순간을, 내 감정을 적절히 표현할 수 있는 좋은 기회로 삼아야 합니다. 물론 방법이 중요합니다. 던지고 부수지 않아도 적절하게 말로써 내 분노를 표현할 수 있습니다. 바로 'I MESSAGE'입니다. "당신의 이러한 행동 때문에 나는 화가 났어요." 조용하지만 단호하게 나의 의사를 전달해보세요. 나는 감정을 해소할 수 있고 상대방은 다치지 않습니다.

오늘 내 마음의 표정

( )

" "

( )

" "

( )

" "

( )

" "

오늘 내 마음의 표정

◯

"   "

◯

"   "

◯

"   "

To. 한 주 동안 수고한 나에게

_____

_____

From. 사랑하는 내가

오늘 내 마음의 표정

"   "

"   "

"   "

"   "

오늘 내 마음의 표정

"   "

"   "

"   "

To. 한 주 동안 수고한 나에게

From. 사랑하는 내가

START!

✓

하루에 한 번 !
내 감정의 색을 채워보세요.
2주일 뒤
나의 감정 상태를
그래프로 확인할 수 있어요.

_____

_____

_____

_____

_____

우울증은 외부에 대한 나의 화가 내부로 향하는 것이라는 말이 있습니다.

화를 내는 것을 미성숙한 인격의 증거라고 여긴다면,

우리의 화는 계속 안으로 침잠할 수밖에 없습니다.

지금 나에게 필요한 것은 무엇인가요?

1. _____

2. _____

오늘 내 마음의 표정

$\bigcirc$

" "

$\bigcirc$

" "

$\bigcirc$

" "

$\bigcirc$

" "

오늘 내 마음의 표정

( )

――――――

" "

( )

――――――

" "

( )

――――――

" "

To. 한 주 동안 수고한 나에게

_____

_____

From. 사랑하는 내가

오늘 내 마음의 표정

○

" "

○

" "

○

" "

○

" "

오늘 내 마음의 표정

（　　　　　）

"　　　　　"

（　　　　　）

"　　　　　"

（　　　　　）

"　　　　　"

To. 한 주 동안 수고한 나에게

From. 사랑하는 내가

✓

하루에 한 번 !
내 감정의 색을 채워보세요.
2주일 뒤
나의 감정 상태를
그래프로 확인할 수 있어요.

_____

_____

_____

_____

_____

"당신의 이러한 행동 때문에 난 화가 났어요."

조용하지만 단호하게 나의 의사를 전달해보세요.

나는 해소할 수 있고 상대방은 다치지 않습니다.

지금 나에게 필요한 것은 무엇인가요?

1. _____

2. _____

오늘 내 마음의 표정

( )

" "

( )

" "

( )

" "

( )

" "

오늘 내 마음의 표정

"　　　　　"

"　　　　　"

"　　　　　"

To. 한 주 동안 수고한 나에게

_____

_____

From. 사랑하는 내가

GOOD!!!!

지금 나에게 필요한 것은 무엇인가요?

1. _____

2. _____

화가 난다아아아아아아아아아아아 ——
분노캔들을 태워라아아아아아아아 ——

당신은 어떨 때 제일 화가 나나요?

화가 날 때 어떤 행동을 하나요?

어떻게 하면 당신의 화가 풀릴 수 있을까요?

SUN	MON	TUE	WED

서운함,
'You'가 아닌 'I'가 중요한 감정

여러분과 가장 가까운 사람은 누구입니까? 아마도 부모님이나 배우자, 연인이나 친구, 동료들일 것입니다. 그렇다면 그 사람들은 여러분을 얼마나 잘 알고 있을까요? 내 행동과 말에 담겨 있는 뉘앙스를 이해하고 그것을 단서로 삼아 여러분의 기분과 상황을 잘 파악하고 있습니까? 그들은 나의 가치관과 생각들을 얼마나 잘 이해하고 있을까요? 역으로 여러분은 어떤가요? 나와 가까운 사람들에 대해서 얼마나 잘 알고 이해하고 있을까요?

우리는 생각보다 서로에 대해 잘 알지 못합니다. 가족이든 친구이든 서로의 감정에 대해 이야기하지 않으면 알 수 없습니다. 수많은 연인들이 그렇게 싸우는 것도 서로를 잘 모르기 때문입니다. 각자의 감정을 절대로 공유하지 않으면서 제발 나를 이해해달라고 계속해서 싸우는 것이지요. 이야기를 하지 않으면 누구도 나의 마음을 알 수 없습니다. 사람은 모두 적당히 자기중심적입니다. 남보다 먼저 내가 이해받아야 상대를 이해해줄 여유도 생기는 것이지요. 따라서 서운한 마음이 생길 수밖에 없습니다. 어차피 모두가 자기 중심적이기 때문에, 중간지점을 찾는다는 것은 애초부터 어려운 일입니다.

그렇기 때문에 서운한 감정을 느꼈다면 타인에 대한 나의 기대치가 너무 높은 것은 아닌지 생각해볼 필요가 있습니다. 때로는 비현실적인 기대로 인해 타인을 피곤하게 하고 나 자신은 서운한 감정에 휩싸이게 되지요. 나와 마찬가지로 상대방 역시 피곤하고 힘든 하루를 보내고 있다는 것을 떠올릴 필요가 있습니다. 내가 고민하는 문제에 큰 관심을 두지 않을 수도 있다고 이해해보세요. 만일 견디기 힘들 정도로 서운하고 섭섭한 마음이 든다면, 그땐 자신의 마음상태를 최대한 진지하게 전달하기를 바랍니다. 물론 이때에도 해야 할 말은 "넌 나빠"가 아닌 "네가 이래서 내가 좀 서운해"라는 것을 잊지 마세요. 서운함을 표현할 때에도 주어는 'You'가 아닌 'I'가 되어야 합니다.

오늘 내 마음의 표정

"   "

"   "

"   "

"   "

오늘 내 마음의 표정

"   "

"   "

"   "

To. 한 주 동안 수고한 나에게

From. 사랑하는 내가

오늘 내 마음의 표정

"   "

"   "

"   "

"   "

오늘 내 마음의 표정

"   "

"   "

"   "

To. 한 주 동안 수고한 나에게

_____

_____

From. 사랑하는 내가

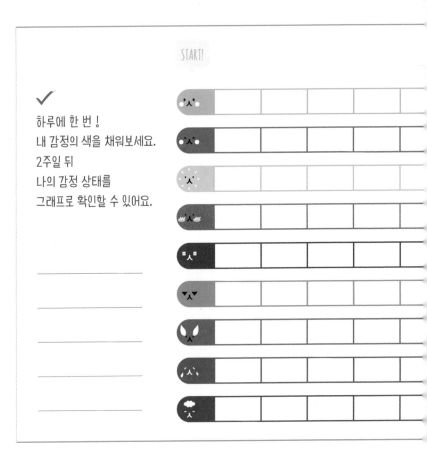

START!

✓

하루에 한 번 !
내 감정의 색을 채워보세요.
2주일 뒤
나의 감정 상태를
그래프로 확인할 수 있어요.

_____

_____

_____

_____

_____

지나치게 비현실적인 기대감은

상대방에게는 피곤함을 안기고 나의 서운한 마음을 키우기만 합니다.

상대에게도 그만의 감정과 이유가 있다는 걸 기억해주세요.

지금 나에게 필요한 것은 무엇인가요?

1. _____

2. _____

오늘 내 마음의 표정

"   "

"   "

"   "

"   "

오늘 내 마음의 표정

" "

" "

" "

To. 한 주 동안 수고한 나에게

From. 사랑하는 내가

오늘 내 마음의 표정

"　　　　　"

"　　　　　"

"　　　　　"

"　　　　　"

오늘 내 마음의 표정

"　　　　　"

"　　　　　"

"　　　　　"

To. 한 주 동안 수고한 나에게

From. 사랑하는 내가

CHEER UP!

✓

하루에 한 번 !
내 감정의 색을 채워보세요.
2주일 뒤
나의 감정 상태를
그래프로 확인할 수 있어요.

_____

_____

_____

_____

_____

서운한 마음을 토로할 때 기억해두세요.

주어는 'You'가 아닌 'I'가 되어야 합니다.

'넌 나빠'가 아닌 '네가 이래서 내가 좀 속상해'라고 말해보세요.

지금 나에게 필요한 것은 무엇인가요?

1. _____

2. _____

오늘 내 마음의 표정

"　　　　　"

"　　　　　"

"　　　　　"

"　　　　　"

오늘 내 마음의 표정

"   "

"   "

"   "

To. 한 주 동안 수고한 나에게

From. 사랑하는 내가

GOOOD!!!!

지금 나에게 필요한 것은 무엇인가요?

1. _____

2. _____

내 마음은 말하지 않으면 아무도 몰라요.
이해해줄 거라고 혼자 기대하고 실망하지 말고
솔직하게 내 마음을 말해주세요.

뭐가 미안한데?

미안해 ㅜㅜ

몰라....

날 가장 서운하게 하는 것은

모르면서
미안하다고 그래?

뭐가
미안하냐고?

알아...

| ☁ SUN | ☺ MON | ☹ TUE | ☹ WED |

THU

FRI

SAT

MONTH

외로움,
마음의 풍요를 위한 충전의 시간

우리는 항상 관계 속에서 살아갑니다. 부모로부터도 사랑하는 이들로부터도 완벽하게 고립되어 성장하는 인간은 없습니다. 반드시 관계를 맺고 도움을 받고 감정을 공유하며 살아가지요. 이러한 관계는 우리를 기분 좋게 만드는 동시에 피곤하게 만들기도 합니다. 관계에 지치는 일도 허다하게 일어납니다. 따라서 우리에게는 어떤 것들로부터도 방해받지 않고 나를 돌볼 시간이 필요합니다. 바로 '적극적인 혼자됨의 시간'입니다.

오늘 하루도 우리는 남들의 눈치를 살피고 타인의 생각을 읽어내기 위해 너무나 큰 마음의 에너지를 쏟았습니다. 관계에서 소진된 에너지를 충족시키는 것은 혼자만의 시간입니다.

사실 외로움이라는 감정은 슬픔과 분노처럼 그렇게 부정적인 감정이 아닙니다. 외롭다고 해서 나쁜 것이 아닙니다. 슬픔과 분노가 흑색이라면, 외로움은 마치 회색빛의 감정입니다. 별다른 스트레스나 동요 없이도 우리는 문득 외로움을 느낍니다. '인간은 본래 외로운 법이다'라는 말을 그렇게 슬프게 받아들일 필요도 없습니다.

세상이 각박해서, 사람들이 나쁘기 때문에 외로움을 느끼는 게 아닙니다. 그저 가끔씩 외로운 순간이 필요할 뿐이지요. 만일 오늘 외로움의 감정이 찾아온다면 그 순간을 곱씹어보기 바랍니다. 그렇게 못 견딜 감정만은 아닐 겁니다. 때로는 기분 좋은 외로움이라는 것을 느낄 때가 있습니다. 앞서 말한 방전된 에너지를 충전하는 외로움이지요.

혼자만의 시간을 통해 에너지를 충전하면 그 힘으로 다시 관계 속에 뛰어들 수 있습니다. 쏟아붓고 소진하고, 다시 충전하게 되지요. 결국 혼자 있는 시간을 통해 관계도 더 풍요로워집니다. 외로움을 즐기는 사람이야말로 행복한 관계의 중심이 될 수 있습니다. 아이러니하게도, 외로워서 더 행복해질 수 있습니다.

오늘 내 마음의 표정

(   )

" "

(   )

" "

(   )

" "

(   )

" "

오늘 내 마음의 표정

〇

―――――

"   "

〇

―――――

"   "

〇

―――――

"   "

To. 한 주 동안 수고한 나에게

_____

_____

From. 사랑하는 내가

오늘 내 마음의 표정

（　　）

"　　　　　　　"

（　　）

"　　　　　　　"

（　　）

"　　　　　　　"

（　　）

"　　　　　　　"

오늘 내 마음의 표정

( )

"   "

( )

"   "

( )

"   "

To. 한 주 동안 수고한 나에게

_____

_____

From. 사랑하는 내가

START!

✓

하루에 한 번 !
내 감정의 색을 채워보세요.
2주일 뒤
나의 감정 상태를
그래프로 확인할 수 있어요.

_____

_____

_____

_____

_____

나에게는 관계에서 벗어나 조금이라도 스스로를 돌볼 시간이 필요해요.

'적극적으로 혼자가 되는 시간'을 통해

관계에 소진되는 몸과 마음을 보살필 수 있어요.

지금 나에게 필요한 것은 무엇인가요?

1.

2.

오늘 내 마음의 표정

( )

" "

( )

" "

( )

" "

( )

" "

오늘 내 마음의 표정

（　　）

"　　　　　　　"

（　　）

"　　　　　　　"

（　　）

"　　　　　　　"

To. 한 주 동안 수고한 나에게

_____

_____

From. 사랑하는 내가

오늘 내 마음의 표정

"   "

"   "

"   "

"   "

오늘 내 마음의 표정

"   "

"   "

"   "

To. 한 주 동안 수고한 나에게

From. 사랑하는 내가

✓

하루에 한 번 !
내 감정의 색을 채워보세요.
2주일 뒤
나의 감정 상태를
그래프로 확인할 수 있어요.

_____

_____

_____

_____

_____

혼자일 때 외로움을 느낄 수밖에 없어요.

다만, 외로움이 없다면 제대로 된 충전도 있을 수 없지요.

혼자 있는 시간을 통해 몸은 외롭지만 마음은 더 풍요로워집니다.

지금 나에게 필요한 것은 무엇인가요?

1. _____

2. _____

오늘 내 마음의 표정

（　　　　　）

"　　　　　　"

（　　　　　）

"　　　　　　"

（　　　　　）

"　　　　　　"

（　　　　　）

"　　　　　　"

오늘 내 마음의 표정

$(\bigcirc)$

"   "

$(\bigcirc)$

"   "

$(\bigcirc)$

"   "

To. 한 주 동안 수고한 나에게

From. 사랑하는 내가

GOOD!!!!

지금 나에게 필요한 것은 무엇인가요?

1. _____

2. _____

지금은 관계의 늪에서 벗어나
나 스스로를 돌볼 시간입니다.

수고한 나를 안아주고 머리를 쓰다듬어주세요.
당신만의 방법으로 자신을 충전하세요.

혼자 있는 시간에 당신을 즐겁게 하는 것이 있나요?

SUN	MON	TUE	WED

1년 동안 당신에게
어떤 변화가 있었나요?

일 년 동안 다이어리를 사용하면서 우리는 이전에는 막연하게 흘려보냈던 감정들을 더욱 또렷하게 마주하게 되었습니다. 이제 여러분은 막연하게 삭히고 삼켰던 답답한 감정의 찌꺼기들을 하나하나 의미 있게 해소하는 방법을 알게 되었습니다. 이제 어떠한 상황에서도 나의 감정을 먼저 살피게 되었습니다. 혹여 부정적인 감정이더라도 마냥 무시하지 않고 최대한 존중하고 합리적인 행동을 끌어낼 줄도 알게 되었습니다.

감정을 들여다보는 일은 비로소 내가 나 자신에게 관심을 가지게 되었음을 의미합니다. 그동안 언제나 바깥으로만 눈을 돌리고 내면에 무관심했던 탓에 나의 몸과 마음이 상처받고 있었을지도 모릅니다. 내가 나 자신을 돌보고 관심을 보이는 가장 좋은 방법은 바로 내 자신의 감정을 존중하는 일임을 우리는 이제 깨달았습니다. 머리와 가슴, 손과 발끝까지 느껴지는 이 감정의 소용돌이야말로 내가 살아있음을 증명해주는 존재의 바로미터입니다.

생생한 감정을 느껴보고, 말로 표현도 해보고, 타인과 그 감정을 공유하는 행동은 나와 내 주변의 사람들이 더욱 행복하게 살아가기 위한 중요한 디딤돌이 됩니다. 인간만이 가질 수 있는 이 세세하고도 다채로운 감정의 꽃잎들은 우리의 삶을 더 아름답게 풍성하게 누릴 수 있도록 도와줍니다. 나는 이제 나를 존중하게 되었습니다. 낮은 자존감도 더욱 높아졌습니다. 이 생생한 감정들을 내 주변에 올바르게 알리고 이해를 받는 방법도 알게 되었습니다. 이제 언제나 내가 우선입니다. 이 역전된 흐름이 바뀌지 않았으면 좋겠습니다.

다가오는 새로운 일 년에도 자신의 감정을 살피는 노력을 계속해보세요. 내년에는 더 익숙하게 나의 감정을 살필 수 있을 거예요.

오늘 내 마음의 표정

"　　　　　"

"　　　　　"

"　　　　　"

"　　　　　"

오늘 내 마음의 표정

"   "
_____

"   "
_____

"   "
_____

To. 한 주 동안 수고한 나에게

_____

_____

From. 사랑하는 내가

오늘 내 마음의 표정

"   "

_____

"   "

_____

"   "

_____

"   "

_____

오늘 내 마음의 표정

"   "

"   "

"   "

To. 한 주 동안 수고한 나에게

From. 사랑하는 내가

✓

하루에 한 번 !
내 감정의 색을 채워보세요.
2주일 뒤
나의 감정 상태를
그래프로 확인할 수 있어요.

_____

_____

_____

_____

_____

언제나 밖으로만 향했던 관심과 흥미를 내 마음속으로 끌어당겨 보세요.

이제껏 무관심했던 상처받은 마음에 가만히 귀를 기울여보는 것이

자존감을 키우는 첫 걸음입니다.

지금 나에게 필요한 것은 무엇인가요?

1. _____

2. _____

오늘 내 마음의 표정

"   "

"   "

"   "

"   "

오늘 내 마음의 표정

"   "
_____

"   "
_____

"   "
_____

To. 한 주 동안 수고한 나에게

_____

_____

From. 사랑하는 내가

오늘 내 마음의 표정

"   "

"   "

"   "

"   "

오늘 내 마음의 표정

" "

" "

" "

To. 한 주 동안 수고한 나에게

From. 사랑하는 내가

✓

하루에 한 번 !
내 감정의 색을 채워보세요.
2주일 뒤
나의 감정 상태를
그래프로 확인할 수 있어요.

_____

_____

_____

_____

_____

올 한 해 감정 다이어리를 통해 여러분은

나의 마음에 귀 기울이는 훈련을 성실히 마쳤습니다.

내년에는 더 세세한 감정의 문제들까지 무사히 해결할 수 있을 거예요!

지금 나에게 필요한 것은 무엇인가요?

1. _____

2. _____

오늘 내 마음의 표정

"   "

"   "

"   "

"   "

오늘 내 마음의 표정

"   "

"   "

"   "

To. 한 주 동안 수고한 나에게

From. 사랑하는 내가

GOOD!!!!

지금 나에게 필요한 것은 무엇인가요?

1. _____

2. _____

내 속에 자리 잡고 있는 감정들을 체크해보세요.
그리고 체크한 감정 밑에 숨어 있는
'진짜로 내가 원하는 것'을 찾아서 연결해보세요.
어떤 것들이 충족되면 나의 마음이 편안해질 수 있을까요?

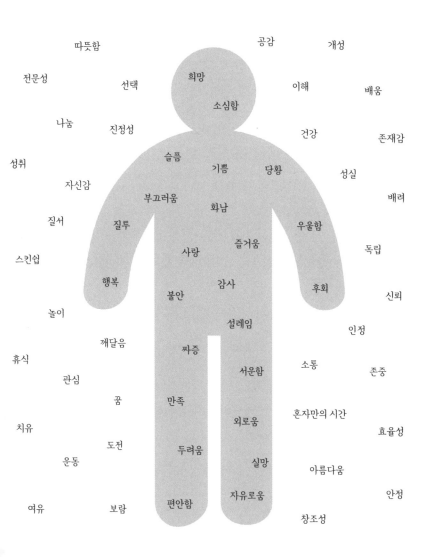

1년 동안
감정 다이어리 북을 쓰면서
나는 어떻게 변화했나요?

수고한 나 자신을 칭찬해주세요.
머리를 쓰다듬고 어깨를 토닥여주세요.

앞으로의 당신의 모습이 더 기대되네요!

1년 동안 수고한 나에게 쓰는 편지

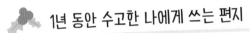

NAME _____

BIRTHDAY _____

ADDRESS _____

MOBILE _____

E-MAIL _____

EXTRA _____

감정 다이어리 북

초판 1쇄 발행 2017년 9월 15일
초판 9쇄 발행 2023년 8월 8일

지은이 스트레스컴퍼니, 이승민
펴낸이 이승현

출판2 본부장 박태근
W&G 팀장 류혜정
디자인 스트레스컴퍼니

펴낸곳 (주)위즈덤하우스
출판등록 2000년 5월 23일 제13-1071호
주소 서울특별시 마포구 양화로 19 합정오피스빌딩 17층
전화 02) 2179-5600
홈페이지 www.wisdomhouse.co.kr

ISBN 979-11-6220-056-8 [03810]